D1411266

DISCARD

¿CÓMO SE HACEN LOS NIÑOS?

Alastair Smith

Ilustraciones: Maria Wheatley

Diseño: Ruth Russell
Material gráfico digital: Fiona Johnson
Directora de la colección: Judy Tatchell
Traducción: Amelia Leigh de Carmona UK Ltd.

Ahí dentro hay un bebé

Todos los bebés comienzan dentro de sus mamás. Crecen y crecen hasta que son lo suficientemente grandes para vivir en el mundo exterior.

Recién nacidos

Aun los recién nacidos son diferentes entre sí.

Algunos tienen mucho pelo…

Unos son grandes…

Otros no tienen pelo…

Otros pequeños…

Pero todos los bebés se hacen de la misma forma. Este libro te explica cómo

¿En dónde crece el bebé?

El bebé crece en una parte del cuerpo que se llama útero. Sólo las niñas y las mujeres tienen útero.

La niña está señalando en dónde está el útero.

Sano y salvo

El bebé tiene todo lo que necesita dentro del útero de su mamá. Es seguro y cálido. Aquí crece hasta que está listo para entrar en el mundo.

¿Cuánto tiempo está el bebé dentro de la madre?

Dentro de esta mujer está creciendo un bebé.

Hacer un bebé

Para hacer un bebé se necesitan una mujer y un hombre adultos.

Dentro de un hombre

Un hombre produce espermatozoides dentro de su cuerpo. Si fueran más grandes, se verían así.

Dentro de una mujer

Las mujeres tiene unos huevecillos dentro del cuerpo. Si hiciéramos uno de esos huevecillos más grande, se vería como esto.

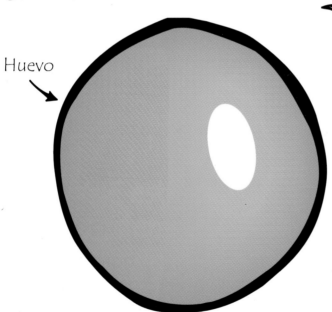

Huevo

Espermatozoides

Un huevo verdadero es tan pequeño como este punto.

Un espermatozoide verdadero es tan pequeño que no lo podemos ver.

¿Cómo se hace un bebé?

Un espermatozoide del cuerpo del hombre se une con un huevo en el cuerpo de la mujer.

El bebé empieza aquí.

¿Niño o niña?

Algunos espermatozoides pueden formar un niño. Otros pueden formar una niña.
Si un espermatozoide niño se une con el huevo, el bebé será varón.
Si lo hace un espermatozoide niña, el bebé será niña.

Y cuando un espermatozoide llega al huevo...

Muchos espermato-zoides tratan de llegar al huevo.

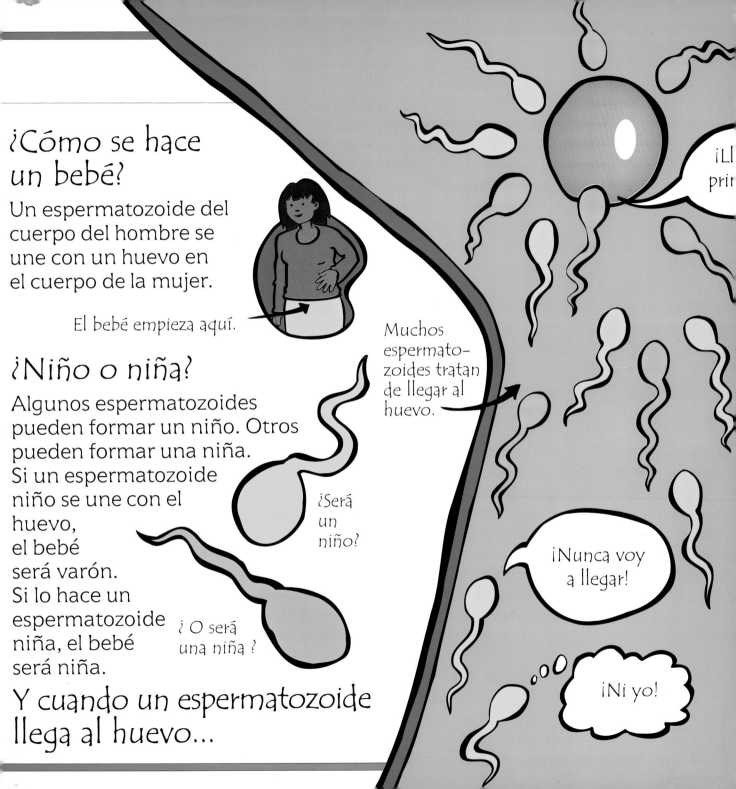

Cuando un espermatozoide llega al huevo, se empieza a formar el bebé.

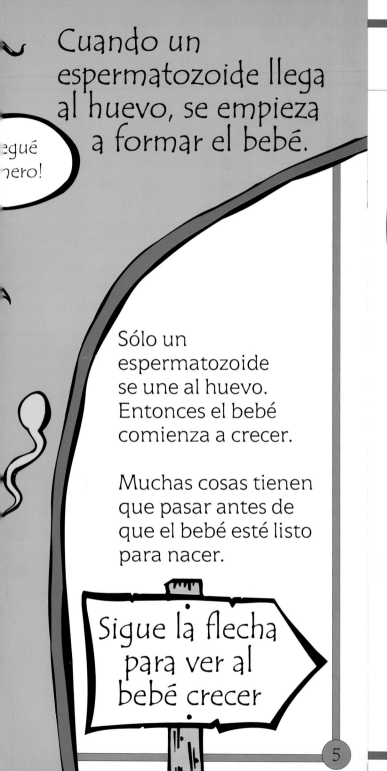

egué nero!

Sólo un espermatozoide se une al huevo. Entonces el bebé comienza a crecer.

Muchas cosas tienen que pasar antes de que el bebé esté listo para nacer.

Sigue la flecha para ver al bebé crecer

Los cambios hacen que se sienta cansada.

Necesita comer muchos alimentos saludables.

Alimentos y bebidas

Después de que se forme el bebé, crece un tubo entre él y su mamá.

El tubo lleva todos los alimentos y bebidas que el bebé necesita. Entra en el cuerpo del bebé.

El cuerpo de la madre comparte todo lo que come y bebe con su bebé.

El ombligo es el lugar por donde entraba el tubo.

Extremo materno

Extremo del bebé

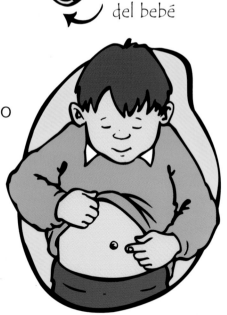

¡Mira qué rápido crece el bebé!

Este es el bebé después de seis semanas.

Esta será la cabeza.

Este será un ojo.

Este es el tubo que lleva la comida y bebida desde la mamá.

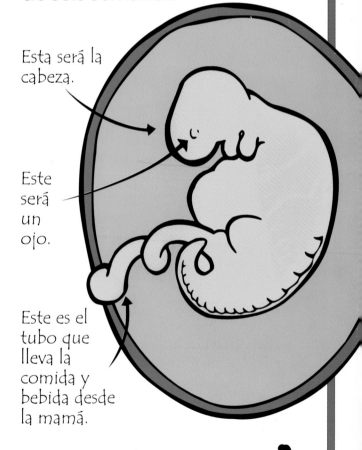

Este es el verdadero tamaño del bebé.

El bebé crece

El bebé crece y crece dentro del útero de su madre.
El útero es como una bolsa llena de líquido.

Se empieza a notar

Después de unos cuatro meses, el bebé comienza a sobresalir en la barriga de la madre.

Parte del tiempo el bebé está despierto. Pero la mayor parte está dormido.

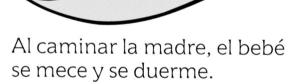

Al caminar la madre, el bebé se mece y se duerme.

Al dormir la madre, el bebé se despierta. Empieza a moverse.

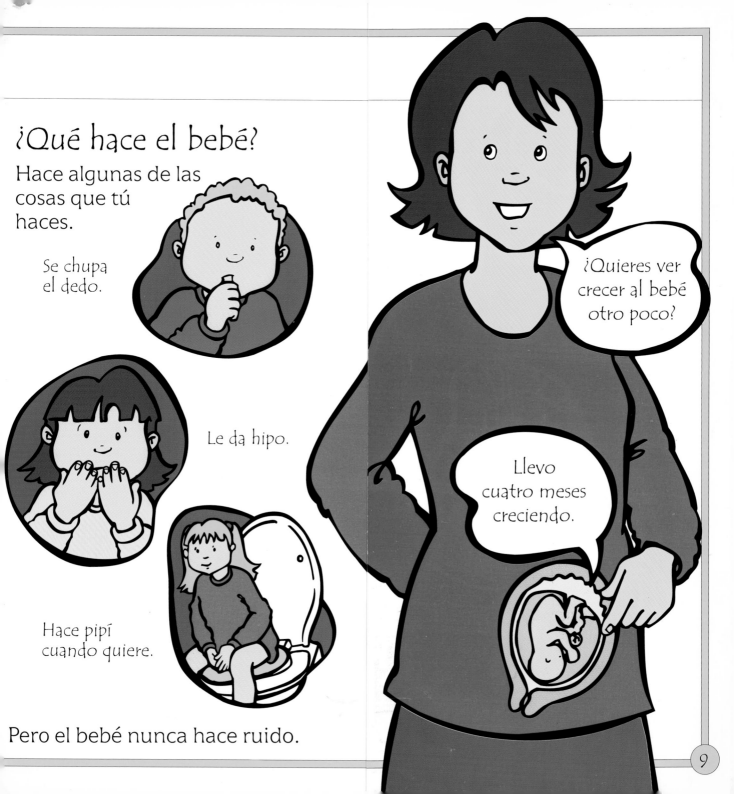

¿Qué hace el bebé?

Hace algunas de las cosas que tú haces.

Se chupa el dedo.

Le da hipo.

Hace pipí cuando quiere.

Pero el bebé nunca hace ruido.

¿Quieres ver crecer al bebé otro poco?

Llevo cuatro meses creciendo.

Aún mayor

El bebé sigue creciendo. A la madre le pesa llevarlo dentro.

Vista

Los ojos del bebé ya funcionan. Cuando está despierto, abre los ojos. Puede ver colores y la luz que entra a través de la piel de su mamá.

Este bebé podría ver el resplandor rojizo del sol.

Oído

Los oídos del bebé funcionan. Oye las cosas que pasan dentro de la madre.

El bebé oye el latido del corazón de la madre.

El bebé oye el ruido que hace el estómago de su mamá.

glu glu glu glu

También oye cosas que pasan afuera.

Pulmones para respirar

Cuando el bebé nazca, tendrá que respirar aire, como tú. Usamos los pulmones para respirar.

Aquí es donde están los pulmones.

El bebé en la solapa tiene siete meses.

¿Va a crecer más el bebé?

El bebé está listo

Ha llegado el momento de que salga el bebé. El útero de la madre se empieza a apretar. Está empujando al bebé.

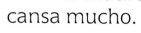

Partera

Ayudando a la madre

Una enfermera llamada partera cuida a la madre mientras que el bebé nace.

Mucho trabajo

El bebé tarda horas en salir. La madre se cansa mucho.

El bebé sale a través de la abertura entre las piernas de la madre.

¿Qué pasa después?

¡El bebé nace!

¿Cómo le va al bebé?

Al salir, el bebé se lleva un buen apretujón.

El bebé sale de un lugar calentito y confortable. Afuera hay más luz. Las cosas son más ruidosas y movidas.

Al bebé le parece todo extraño.

¿Qué hace el bebé tan pronto como nace?

El recién nacido

El bebé ha nacido. Ahora hace muchas cosas nuevas. Pero en primer lugar, su mamá lo abraza.

Qué hace el bebé

El bebé se alimenta de leche. La leche sale del pecho de la mamá.

Las madres sólo tienen leche cuando tienen un bebé.

El bebé usa pañales para no mancharse al hacer pipí y caca.

El nombre del bebé

La madre y el padre escogen el nombre del bebé.

Cristóbal... Juan... Jaime... Pedro...

José... Esteban... Jesús...

Algunas madres alimentan a sus bebés con biberón.

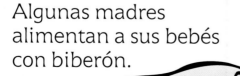

Otras cosas que hace

El bebé mira alrededor. Sólo
puede ver las cosas que están
cerca. Las cosas lejanas
se ven borrosas.

El bebé mueve
los brazos y las
piernas. Se
retuerce todo.

¿Qué es lo que más hace?

Índice

Agradecemos a la Dra. Sarah Bower, especialista en Medicina Fetal y Obstetricia en el Harris Birthright Trust, Londres, por su asesoría en la redacción de este libro.
© 1997 Usborne Publishing Ltd., 83-85 Saffron Hill, Londres, EC1N 8RT, Gran Bretaña.
© 1998 Usborne Publishing Ltd en español para todo el mundo.
 ISBN: 0 7460 3426 1 (cartoné)

Impreso en Italia